BIO-BIBLIOGRAPHIE.

SOPHRONYME LOUDIER,

MEMBRE DE LA SOCIÉTÉ DES GENS DE LETTRES,
OFFICIER DE L'INSTRUCTION PUBLIQUE
ET PROFESSEUR DE L'ASSOCIATION POLYTECHNIQUE

PAR

LOUIS GERDEBAT

COMMANDEUR DE L'ORDRE ROYAL D'ISABELLE LA CATHOLIQUE.

PARIS
LIBRAIRIE GÉNÉRALE
72, BOULEVARD HAUSSMANN, 72
—
1879

SOPHRONYME LOUDIER.

BIO-BIBLIOGRAPHIE.

SOPHRONYME LOUDIER,

MEMBRE DE LA SOCIÉTÉ DES GENS DE LETTRES,
OFFICIER DE L'INSTRUCTION PUBLIQUE
ET PROFESSEUR DE L'ASSOCIATION POLYTECHNIQUE

PAR

LOUIS GERDEBAT

COMMANDEUR DE L'ORDRE ROYAL D'ISABELLE LA CATHOLIQUE.

PARIS
LIBRAIRIE GÉNÉRALE
72, BOULEVARD HAUSSMANN, 72

1879

SOPHRONYME LOUDIER.

M. Sophronyme Loudier, aux œuvres et au talent duquel nous tenons à consacrer quelques lignes, se trouve aujourd'hui classé parmi les écrivains populaires les plus sympathiques.

Après de sérieuses études au collège de Lisieux, M. Sophronyme Loudier, dès l'âge de vingt ans, fit ses débuts dans *Le Lexovien*. Ce journal publia un grand nombre d'articles qui valurent à leur auteur, de la part de ses compatriotes, de chaleureux et d'unanimes encouragements.

Sur ces entrefaites, un journal de Caen, *Le Furet*, ouvrit un concours sous ce titre : *Histoire satirique et anecdotique des cartes de visite.*

M. Sophronyme Loudier prit part à ce tournoi littéraire et, de haute lice, fut proclamé vainqueur.

Cette première victoire attira l'attention sur notre jeune lauréat, qui fut nommé rédacteur au journal *Le Furet*, et plus tard aux *Échos normands*.

Mais ce n'étaient là que des triomphes de province auxquels manquait la consécration de Paris. Brûlant du désir de s'initier à la vie littéraire parisienne, M. Sophronyme Loudier eut le bonheur de plaire à un écrivain, alors à l'apogée de sa renommée : nous voulons parler de M. Louis Enault,

qui s'attacha l'ancien rédacteur du *Lexovien*
et du *Furet*, en qualité de secrétaire.

Du reste, ce dernier ne resta chez le
célèbre romancier que juste le temps de se
familiariser avec les choses et les hommes
le plus en vue de cette époque.

Cette étude ne fut pas sans profit pour le
jeune écrivain : il apportait, d'ailleurs, de sa
province un grand esprit d'observation qui
lui permit de constater, *de visu*, comment,
trop souvent, se font et se défont ces renom-
mées d'un jour, échafaudées sur la camara-
derie et non sur le vrai mérite, et, dès cet
instant, il jura de ne jamais rien devoir
qu'à son travail, disons mieux, à son talent.

M. Sophronyme Loudier a été fidèle à son
serment : il a beaucoup travaillé ; et ses travaux lui font le plus grand honneur.

Sans compter les *Variétés* publiées dans un très grand nombre de journaux de Paris et des départements. lesquelles réunies formeraient au moins vingt volumes, M. Sophronyme Loudier a fait paraître les ouvrages suivants :

Le Tourbillon humain; — L'Oublieuse ; — Un Drame sous la neige ; —La Chapelle blanche; — Edmée; — Le Grain de plomb; — Une charmante conspiration; —Le Droit d'aînesse ; — Un Réveillon à bord ; — Jean Bomer ; — L'Enfant sans nom ; — Un singulier procès ; —L'Abandonné du clos Saint-Marc ; — Le Père Mondor ; — La Musique au village ; — La Boucle de cheveux blonds ; — La première Pièce d'or ; — L'Assaut d'un bureau de tabac ; — Alphonse XII.

Pour clore cette longue nomenclature

d'ouvrages, nous ajouterons que M. Sophronyme Loudier a été aussi, à son heure, auteur dramatique : il a fait représenter à
Paris, au THÉATRE DES FAMILLES, avec un
réel succès, un petit opéra comique inti-
tulé : *Qu'y s'y frotte s'y pique*.

Cette ravissante bluette avait inspiré à un
compositeur de talent, M. Eugène Baron,
une page merveilleuse. Il est impossible de
condenser dans une forme restreinte plus
d'esprit et de verve musicale.

Plus de *deux cents* journaux français et
étrangers (la Société des gens de lettres le
prouverait au besoin), en publiant les diffé-
rentes œuvres de l'ancien secrétaire de
M. Louis Enault, ont montré de la façon la
plus évidente que son *nom* est partout po-
pulaire et, la statistique aidant, qu'un mil-

lion de lecteurs savourent tous les jours les œuvres de cet écrivain délicat et sympathique.

Ce succès de lecture n'est pas le seul qu'on puisse porter à l'actif de M. Sophronyme Loudier. Depuis onze ans, il consacre ses soirées d'hiver à enseigner, gratuitement, les déshérités de la science : aux uns, il apprend l'A B C D; aux autres, il fait connaître les chefs-d'œuvre de notre littérature nationale.

L'Association polytechnique lui a confié, depuis longtemps déjà, le cours supérieur de littérature aux adultes de Levallois-Perret. En récompense de ses services tout désintéressés, le ministre de l'instruction publique et des beaux-arts le nommait :

En 1872, officier d'académie, et, il y a

quelques jours à peine, en séance solennelle, *officier de l'instruction publique.*

Le 31 mars 1878, *la Société d'Instruction et d'Éducation populaires* a décerné à M. Sophronyme Loudier *une médaille d'honneur* pour son dévouement à l'instruction publique.

Enfin, le 26 mai de la même année, la *Société d'encouragement au bien* lui octroyait également une MÉDAILLE D'HON-NEUR de 1ʳᵉ classe pour ses « *ouvrages ins-tructifs et moraux.* »

Qu'il nous soit permis, à ce sujet, de citer la notice qui accompagnait cette dernière distinction :

« Il n'est qu'une chose qui rivalise avec les services rendus par M. Sophronyme

Loudier à l'instruction, c'est sa modestie.

« J'ai appris à lire et à écrire à bon nombre de pauvres gens, » dit-il simplement.

» Nous ajouterons que, depuis dix ans, il consacre ses soirées à des cours publics qu'il fait gratuitement; qu'il est professeur de littérature aux cours d'adultes de Levallois-Perret, et que, de plus, comme publiciste, ses romans et ses nouvelles sont reproduits par près de quatre-vingts journaux.

» Que notre médaille récompense M. Sophronyme Loudier de son grand cœur et de ses intéressants travaux ! »

Dans le compte rendu de la même société, pour 1879, nous trouvons encore le *nom* de M. Sophronyme Loudier, comme lauréat du concours littéraire.

Un grand nombre de journaux, informés des nombreux succès obtenus par ce jeune écrivain, se sont empressés de les annoncer à leurs lecteurs. Variées dans la forme, ces chaleureuses félicitations se rattachent toutes par un point commun : le plaisir éprouvé en apprenant cette bonne nouvelle.

Ne pouvant, à notre grand regret, les citer ici intégralement, nous transcrivons l'appréciation suivante, qui nous a paru les résumer toutes :

« C'est avec la plus vive satisfaction que
» nous annonçons à nos lecteurs un nou-
» veau succès de M. Sophronyme Loudier :
» par arrêté de M. le ministre de l'instruc-
» tion publique et des beaux-arts, en date
» du 19 mai 1879, notre excellent collabo-
» rateur est nommé *officier de l'instruc-*

» *tion publique.* C'est la récompense de
» onze années de cours gratuits faits aux
» adultes de Levallois-Perret ; c'est la consé-
» cration officielle, signalant à tous un réel
» talent joint à un grand cœur.

» Que notre ami soit fier de cette rosette,
» attachée, en séance solennelle, sur sa
» poitrine ; nul plus que lui n'est digne de
» la porter. »

Un mot pour finir :

Le comité du *Congrès littéraire inter-
national*, formé à Paris à l'occasion de
l'Exposition universelle de 1878, et dont
M. Sophronyme Loudier faisait partie,
comme membre de la Société des gens
de lettres, ayant voulu réunir en un volume tous les documents qui ont servi à la
réalisation de ces grandes assises de la

pensée, a choisi, — et nous l'en félicitons, — M. Sophronyme Loudier pour mener à bien cet important travail (1).

Ce fait n'a pas besoin de commentaire.

M. Sophronyme Loudier est jeune et plein d'ardeur. — Il est né à Orbec (Calvados) le 10 janvier 1835. — Une carrière fort enviable lui est certainement réservée.

---

(1) A ce sujet, *L'Avenir de Bernay*, du 14 décembre 1878, s'exprimait ainsi :

« Que l'on nous accuse de partialité à l'égard de notre chroniqueur, M. Sophronyme Loudier ; ou bien encore que sa modestie se trouve froissée quand nous relatons quelque fait qui est tout à sa louange, cela nous est égal ; nous ne tairons jamais ce que nous saurons, et ce que nos moyens nous permettent est acquis à cet éminent écrivain.

» C'est ainsi que la Société des Gens de Lettres a désigné M. Sophronyme Loudier pour mettre la dernière main au volume du Congrès littéraire de 1878, lequel volume se vendra 20 fr. en librairie.

» *Mettre la dernière main*, n'est-ce pas faire le plus grand honneur à notre chroniqueur, et surtout de l'avoir choisi au milieu de trois cents autres écrivains ? »

Reconnaissons, d'ailleurs, que la renommée et la fortune ne seraient que la juste récompense d'un homme dont la vie peut se résumer dans ces trois mots : *esprit, talent, dévouement.*

Louis GERDEBAT.

Paris. — Imp. Motteroz, 54 bis, r. du Four.

PARIS. — IMPRIMERIE MOTTEROZ

Rue du Four, 54 *bis*

9 782329 391397